Paru chez Rocambole en numérique - février 2021
Dépôt légal première édition papier - février 2023
Illustration de couverture : Pinky Ju - 2021

Droits papier - Céline Badaroux - 2023
ISBN 978-2-9573279-8-0

WWW.CELINEBADAROUX.FR

Tuning Wars
(une tranche des chroniques d'Uberwheel)
Céline Badaroux

UN
NOUVEL
ESPOIR

D'abord, ça fit *clong*, puis il y eut un *bling* et enfin un gros *shplonk*. Le carburateur cyclonique se détacha pour me frapper en pleine tête.

— Rhaaaaa ! Est-ce que ce serait possible que ça s'arrête cinq minutes ?! Cinq minutes de répit de la lose !

On appellait ça un cri du cœur. Mon beau pelage blanc était tout poisseux d'huile de moteur et une partie de ma crinière multicolore s'était coincée entre deux pièces métalliques. Je frottais la bosse sur mon front, juste en dessous ma corne, en maudissant tous les dragons des univers réunis. Par principe, tout ce qui allait de travers était leur faute, de mon découvert bancaire à la clé à multimolettes qui me tombait sur le coin de la gueule, il n'y avait toujours qu'un seul coupable possible. Et puis c'était le prix à payer quand on voulait l'étiquette de « créature la plus puissante de l'espace-temps ». Sans blague. Quelle bande de prétentieux.

Allez. Encore un coup de tournevis percussonique et je pourrai passer aux chromes. Quand j'aurai terminé ce petit bijou de navette monoplace, je pourrai faire le tour de la station en à peine quelques clics et on ne verra que moi ! Avec un peu de chance, ça fera le *buzz* et un client montrera enfin le bout de son nez !

— Hey ! T'as pas fini de bosser sur ce machin ? Il brille tellement que quand tu seras dehors avec, les astrophysiciens de la galaxie voisine détecteront une nouvelle étoile sans qu'ils aient compris d'où ça vient.

— Fluff, tu es le kobold le plus chiant de tous les systèmes réunis.

— Et toi la licorne la plus obtuse de toute la Fédération. T'aurais au moins pu écrire ton nom plus gros. Ce serait bien de pas confondre «Dink Tuning» avec le livreur de pizza disco, si tu veux un jour avoir un client.

— Si je t'ai pris comme comptable, c'est pas pour que tu me donnes des conseils d'esthétique.

— Nope. Mais je peux dire un mot côté merchandising. C'est même pas sûr que ça décolle, ce truc, avec les ampliphones que tu lui as mis au cul.

Un écrou vola, atterrissant dans un bling sonore sur la tête de Fluff.

— AAaaaaaïeuuuuh! Mais t'es pas bien?!

— Je suis un artiste, je ne peux pas travailler dans ces conditions.

— Et c'est reparti pour un tour, répondit Fluff.

J'étais à ça de le renvoyer dans son bureau quand l'avertisseur du sas d'entrée de l'atelier vrombit. Le *gzz gzz* avait la fâcheuse habitude de retentir tant que le panneau ne s'était pas ouvert. Non qu'il fonctionnait mal, mais les clients étaient ainsi : impatients et seuls au monde.

Ça va! J'arrive! Accroche-toi à ton slip à paillettes, je suis là!

Fluff me regarda me dandiner jusqu'à la baie d'accueil des véhicules, et quand le sas eut coulissé, une petite navette glissa doucement pour s'arrimer au dock. Je croisai les crins en espérant que le beau gosse qui en sortait soit célibataire. Je souris, genre en coin, pour essayer de m'aligner sur le modèle. Enfin, je fis ce que je pus avec la casquette de travers et la combinaison de travail crado. Heureusement, on pouvait toujours miser sur le côté bad boy du ghetto, il paraît que ça plaît.

— Atelier Dink Tuning, bonjour ! Que puis-je tuner

pour vous aujourd'hui ?

Fluff me lança un regard affligé que j'ignorai, et je me concentrai sur le motif : humain, pas trop grand, brushing antigravité, sourire de la mort en concurrence avec des implants oculaires néon. Mon type quoi. Livré à domicile.

— Je peux vous laisser ce p'tit bébé ? dit-il d'une voix un peu haut perchée.

Il enchaîna :

— J'ai un gala dans un demi-cycle et je voudrais vraiment y arriver avec quelque chose qui claque ! Vous pouvez me faire ça ?

Comme je restais silencieux et que je devais probablement fixer le brun dents-qui-brillent-pectos-parfaits avec la mâchoire entrouverte, il ajouta :

— Typ… de «Star Station» sur le Réseau… Vous savez ?… C'est moi, annonça-t-il.

Je devais avoir l'air un peu con pour qu'il pose la question. Nom d'un poney mutant, c'était pas le moment de passer pour un crétin de l'espace. C'est vrai que je suis pas masse branché Réseau. Mais en l'occurrence, tout ce que j'avais retenu c'était : beau gosse, client, pognon. Un gigantesque «Yes» en diodes électroluminescentes arc-en-ciel clignotait dans ma tête. La win attitude arrivait enfin. La gloire, la thune, la classe. J'allais, après des années de galère, sortir la corne du trou et rentabiliser ma campagne de pub improbable. EN-FIN.

— Bien sûr ! mentis-je, éhontément. Un demi-cycle ?…
Aucun problème !

Je n'étais pas à un bobard près et j'avais trop besoin de
rentrer des crédits pour faire le difficile sur les délais.

— Quatre rotations planétaires ? Y aura un sus. C'est la
règle pour toutes les commandes urgentes ! fit la voix de
Fluff.

J'essayais de ne pas faire l'étonné. Poker face. Je laissais
Fluff tendre le contrat type au client miracle pendant que je
suivais son petit cul, moulé dans un jegging holographique
invraisemblable, pour faire le tour des modifications à
apporter sur la bécane. Typ survola à peine le document, et
je le récupérai afin d'y mettre ma touche.

Avec toutes les cases que je cochais, ça allait douiller
sévère et je me faisais une joie de rajouter des options. Les
quatre jours qui s'annonçaient allaient me mettre sur les
rotules, mais c'était pour la bonne cause. Comme disait Yop
Solo « On ne fait pas seulement ça pour du fric. On fait ça,
pour une MONTAGNE de fric. ». Et c'était le moment. Ça
faisait trop longtemps que je ramais dans le vide stellaire
avec cette boîte. Il fallait tourner la page et trouver une
forme de stabilité. J'en avais marre de manger du fromage
en tube limite périmé. J'avais passé l'âge.

Fluff veilla à la signature du contrat. Il était très vieux jeu
à mon sens, mais il semblait que je faisais trop facilement
confiance. À mon avis, c'était lui qui voyait des problèmes
partout. Il était pointilleux à l'extrême sur des tas de petits
détails… S'il devait faire mon boulot, on rendrait une navette
toutes les comètes de Riley. Même moi, j'étais conscient que
ce serait moyen niveau rentabilité. Du coup, c'était aussi
bien qu'il s'occupe des chiffres, comme il savait si bien me

le rappeler.

Je relevais la tête et regrettais que mon petit client «Mister JetSet je-brille-dans-le-noir-quand-je-souris» soit déjà parti, mais on avait réglé l'affaire en moins temps qu'il n'en fallait pour le dire et plus vite je commencerai, plus vite je finirai. Et peut-être que j'étais impatient de fourrer mes naseaux dans les parties privées de la navette de «monsieur belle gueule». J'avais toujours eu un faible pour les humains. «Star Station»… Ça me disait vaguement quelque chose quand même… C'était pas un truc où les gens chantaient?

De toute façon, je n'avais pas tellement le loisir de faire du tourisme. Avec tout ce que j'avais à faire sur cette pédalette spatiale, j'avais carrément intérêt à me bouger la crinière et me mettre au boulot fissa. J'aurai toujours le temps de me prélasser devant des holos quand le travail sera fait.

Et quand toute la carlingue fut démontée, tout partit en purée cosmique. La faible lueur verte et lancinante qui émanait des conduits de transducteurs phasiques ne venait pas des cristaux catalyseurs hydrostatiques. Et pourtant, j'aurais préféré. Parce qu'il y avait dans cette navette suffisamment de poussière de fée pour faire planer toute l'équipe de blood bowl d'UberWheel pendant une année.

— On est dans la merde.

PREMIER CONTACT

En fait non, la lose ne m'avait pas lâché. Elle avait fait un retour en force au moment où tout allait s'arranger! Un timing parfait, quoi. C'était pourtant un client de rêve et une commande en or, dans tous les sens du terme. Mais non. Me voilà avec de la poussière de fée sur les bras. Si ça c'était pas de la lose, je savais pas ce que c'était. Et je dû me l'avouer: je paniquai.

— On rend la caisse.

C'était sorti comme ça. Fluff me regardait marcher de long en large dans son bureau, les yeux écarquillés.

— T'es un grand malade.

Sa tirade m'arrêta net et je le fixais avec un air ahuri, dans lequel j'étais passé maître. Fluff me servit le même avec cette pointe de mépris en plus, made in Kobold. J'hallucinais.

— Tu veux que je finisse le boulot?
— Tu veux que je te montre les comptes?

OK, le dialogue de sourds, quoi. J'aurais volontiers tenté un pléonasme du genre «ce kobold est taré», mais ce n'était pas le moment d'enfoncer des portes ouvertes. Je repris mon air hébété et, ensemble, nous quittâmes le bureau de Fluff, traînant des sabots, pour méditer entre les caisses de boulons en vanadium.

Il avait raison. Je n'avais pas des masses le choix. Si je me débrouillais bien, je finirais le truc en moitié moins de temps et je me débarrasserais du problème «ni vu, ni connu, je t'embrouille». Et on toucherait le pognon. *Saint Pégase, sortez-vous les sabots du cul, parce qu'on va en avoir besoin.*

Sur ce, je me décidais à torcher les modifications de coque

en deux-deux. Au moins, je n'aurai plus cette pulsation verte sous le museau pour me narguer et me rappeler en permanence mon –énorme– problème. Je qualifiais ça de déni contrôlé : c'était là, mais c'était pas là. Je n'avais rien vu, rien entendu. Tant qu'à avoir l'air con, autant assumer le rôle.

Après quelques heures de travail acharné, de découpe laser et de rivetage intensif (avec un ou deux raccourcis ici ou là) la structure de la coque extérieure était refermée et je décidais de faire une pause bien méritée. J'activais également le mode «il ne s'est jamais rien passé» et regrettais de ne pas avoir acheté cet Hypno 3000 vu sur la passerelle commerciale l'autre jour. J'aurais peut-être pu me rendre volontairement amnésique jusqu'au retour du client… si j'avais eu le budget…

Je me figeai au bzz bzz du sas visiteur. C'était presque l'heure de fermer… pourvu que notre star des réseaux musicaux ne soit pas revenu sur sa décision… Hors de question d'avoir bossé pour rien ! Je bénissais mentalement Fluff d'avoir fait signer ce fichu contrat, mais je ne lui avouerai pour rien au monde. Ce fut quand le sas laissa entrer Miss «Implants de l'année» que je me dit que la journée tournait une fois de plus au bizarre. Je me demandai comment elle avait pu confondre ma devanture à moitié défoncée avec le salon de coiffure à la mode qu'elle devait certainement chercher…

— Mademoiselle ? Vous…
— Madame.

OK, ça commençait bien. À son air pincé, j'avais fait une boulette. De toute façon, je n'eus pas le temps d'enchaîner qu'elle se rua dans l'atelier en secouant autant ses boucles bleues que son arrière-train coincé dans sa robe à froufrous. Elle me donnait le tournis. J'avais même du mal à comprendre comment elle tenait debout à pencher tour à tour dans un sens puis dans l'autre. Un vrai culbuto. J'allais avoir le mal de mer pas tard.

— AAaaah! Paaaarfait! La voilà! Réglons cela au plus vite, n'est-ce pas?

Elle avait dit cela en se retournant vers la navette, si bien que je n'avais pas vraiment eu le temps de toucher terre et de suivre la moitié de son raisonnement. Comme je devais avoir l'air de ne rien capter, elle enchaîna en secouant son étage supérieur. Pourvu que ça ne me pète pas à la figure.

— Combien?
— Combien de quoi?

Je comprenais de moins en moins. Elle poussa un soupir en tapant du pied. Son talon claqua le revêtement métallique et l'onde de choc lui remonta jusque dans les cheveux.

— Crédits. La navette. Allez, dépêchez-vous, je n'ai pas que ça à faire de ma soirée!

Je rêvais. Qu'est-ce que c'était que cette embrouille, encore? Qui était cette dinde de l'espace et pourquoi elle… Oh. Non… Je devenais parano. *On se recentre : déni, déni, déni. Voilà.*

— Je vous demande pardon, mais… vous êtes…?

Et là, je me dis que la dinde était vexée. Tant pis.

— Pop. Je suis Pop. Channel 5 ?… Écoutez, je n'ai pas le temps de discuter. Mon mari est passé ce matin vous déposer sa navette et cet ahuri l'a fait sans me consulter. J'ai une soirée sur Sat-24, il me la faut je suis pressée.

Je me retenais de lui dire que je m'en brossais la corne.

— J'en suis navrée, mais votre mari (le mot me fit un peu mal) a signé un contrat et j'ai déjà commencé le travail. Mon délai est particulièrement court, je ne peux pas me permettre de faire sortir le véhicule avant de l'avoir terminé. Mais ne vous inquiétez pas, je l'appellerai aussi vite que possible pour qu'il vienne chercher sa navette.

Fluff eut la bonne idée d'apparaître pile à ce moment-là et de la pousser gentiment vers la sortie alors qu'elle jetait des bordées de jurons. J'ai même eu droit à un « vulgaire poney Trémillan » et un « sous-pégase stellaire ». Grognasse. Pour qui elle se prenait « Mademoiselle » Channel 5 ? Qui me dit que c'est vraiment sa femme en plus ? La Réseaumanie les rend zinzin. Sûrement une fan hystérique.

Je ne voulais pas me l'avouer, mais cette visite m'avait tapé sur les nerfs. Je regardais Fluff faire le tour de la navette. Il opinait du chef en passant la main sur les rivets.

— Pas mal.

Les bras m'en tombèrent. Pas une remarque désobligeante, pas une raillerie, rien. Je n'avais plus la force de lutter de toute façon, cette histoire commençait à me taper sur les nerfs et j'avais faim. J'attrapais un tube de fromage de ma réserve spéciale, celle que je cachais entre les diodes triphasées et les résistances à plaquettes.

Mon en-cas terminé, je m'étais dit que j'allais isoler cette satanée bécane des regards extérieurs. Cette poussière de fée me rendait nerveux et je ne voulais pas que les visiteurs puissent s'y intéresser de trop près. Un petit montage maison, savant assemblage de caisses et de bouts de tôle en équilibre certes précaire, mais ça faisait le job. Pour le reste je verrai plus tard. Personne ne viendrait râler que des rivets traînaient ici et là ou que j'avais laissé mon laser à souder par terre. J'en avais ras la corne et j'avais besoin de dormir. Il allait falloir se remuer le gras du cul sévère demain. Je baillais en m'allongeant sur le pneumatique au fond de l'atelier, Fluff s'était installé dans son hamac accroché au-dessus de son bureau et j'avais intérêt à m'endormir avant qu'il ne se mette à ronfler.

Ce fut le raclement sur le sol et le «Fais chier!» qui me réveillèrent. Mais tout était arrivé si vite, que je n'étais pas sûr d'avoir saisi tous les événements parfaitement dans l'ordre.

Un claquement, suivi de la turbine du laser à souder qui s'allume, un «Bordel, mais c'est quoi?», puis un ponk, un «Gorg le maudit!» (ou quelque chose comme ça) et là tout partit en saucisse numienne avant que j'eus le temps de comprendre.

LE BON, LA BRUTE ET LE KOBOLD

Le laser à souder s'était allumé en crachouillant, des pas s'étaient précipités dans un bruit de rivets roulant et glissant puis venant percuter les barils de peinture dans des pling et des plong assourdissants qui me résonnèrent entre les deux oreilles. J'essayais d'ouvrir les yeux, mais j'étais complètement dans le gaz. Deux bongs suivirent. C'est là que je commençai à comprendre. Mais le temps que les fils se touchent, un fracas de caisses et de bouts de tôle qui s'effondrent me vrilla la tête. Des bruits de pas, une lumière blanche, un «qui va là?», un «on se casse», une grande cavalcade résonna et un silence assourdissant s'abattit.

La lumière était toujours là, mais je n'osais pas bouger et mon cerveau essayait de comprendre ce qu'il venait de se passer.

– Dink ? Ça va ?

C'était ce con de Fluff, et les deux gars s'étaient fait la malle. Qu'est-ce que c'était encore que cette histoire ? Et d'où ils sortaient ces gonzes ? C'est là que je percutais : la navette, la poussière de fée.

Quelle plaie ! Mais quelle plaie ! Y aura-t-il seulement un moment dans cette vie où cette avalanche de merde va s'arrêter ? Honnêtement, je n'en étais pas certain. Mais en l'état, je voulais juste dormir encore un peu. À peine avais-je rassuré Fluff que je replongeais dans le sommeil.

— PAS MA CAISSE DE FROMAGE ! hurlais-je en tombant de mon matelas pneumatique sur le sol encore recouvert de rivets.

Aïe. J'ai beau être matinal, j'ai mal.

Je démêlais difficilement la part du cauchemar que je venais de faire et de celui que j'avais véritablement vécu cette nuit. Ce n'était vraiment pas le moment de se faire cambrioler ! Je devais vraiment être sévèrement dans le pâté pour ne pas avoir appelé la sécurité de la station. Il n'était sûrement pas trop tard pour ça. Trop tôt peut-être ceci dit… Tant pis, autant rentabiliser ma redevance (que je n'avais peut-être pas encore payée…).

Je me dirigeais donc vers le bureau de Fluff avec dans l'idée de déposer une plainte pour intrusion nocturne en dehors des heures d'ouverture. Fluff somnolait dans son hamac, mais je n'avais pas envie d'attendre que môssieu daigne lever une paupière. J'activais la fonction appel du terminal holographique et je commençais à taper l'identifiant du poste local de sécurité.

— N'y pense même pas.

C'était Fluff. Je croyais qu'il dormait celui-là. Je n'avais pas terminé de taper mon code d'accès au réseau qu'il avait désactivé la fonction d'appel.

— Mais qu'est-ce que tu fais ? On ne va pas laisser les gens s'introduire dans le garage sans rien faire !

— Et expliquer à la locale qu'on a un des plus gros stocks de poussière de fée de la station, voire des planètes environnantes ?

Je faillis m'asseoir dans le vide. Les bras m'en seraient tombés si seulement j'avais été cyber-équipé. Je m'apprêtais à dire que non, mais la remarque était pertinente. Trop même, pour être intégrée si tôt dans la journée. J'avais besoin d'un raktajino bien serré, mais certainement que le café le plus proche qui aurait pu m'en servir un était à quelques milliers d'années-lumière d'ici. Quand la poisse vous poursuit, elle le fait jusque dans les plus petits détails de votre existence.

Non. Trop c'est trop. Je préférais encore tout raconter à

la locale. Ils saisiraient la navette, je perdrais mon client et il m'enverrait quelqu'un pour me péter les genoux... OK, c'était un mauvais plan. Peut-être pas la locale alors... La brigade de répression du recel de pièces détachées ! Si je déclarais un vol de servotroniques en plus de l'intrusion, ils n'iraient pas s'occuper de la navette ! Voilà, ça c'était bien.

Je recomposai mon code.

Fluff redésactiva l'appareil.

— Tu ne veux pas faire ça.

— Quoi encore ? Comment je... ? Bien sûr que si !

Je m'apprêtais à enchaîner avec une réplique du genre « si tu savais si bien ce que je voulais, tu m'aurais pas offert un mug koboldz forever à mon anniversaire », mais l'air abattu qu'il affichait me coupa la chique. Quelque chose n'allait pas. Quelque chose de plus. Mais là je perdais patience.

— Déballe.

Je posais mon arrière-train sur le bureau comme à mon habitude, mais Fluff ne releva même pas. Il baissait les yeux. Un avant-goût de la fin du monde.

— Je ne viens pas vraiment du système Dagobah.

Bon, il me prenait pour une saucisse. Il se racla la gorge et afficha un air sérieux.

— Je ne suis pas vraiment retraité des services postaux. J'ai un petit peu écourté mon séjour dans les rangs de l'armée des volontaires désignés d'office. Sur K-245, on ne plaisante pas avec la formation militaire. Mais je savais depuis le début que ce n'était pas pour moi : les marches au pas sous les averses de gélatine, le combat, les armes... sans parler de la cantine. Non, vraiment. Tu me connais… mon truc c'est le bureau, la petite vie tranquille, les chiffres, les tampons en bas des feuilles, les agrafeuses à percussion… Je rêvais d'intégrer les services de pointage des taxes appliquées aux services bancaires. Des chiffres et des colonnes, des colonnes de chiffres, et ce à l'infini. J'aurais bien gagné ma vie, j'aurais peut-être épousé Deirdre et on aurait eu plein de petits kobolds.

Il soupira et enchaîna :

— Mais je ne peux plus maintenant. Je suis un déserteur. Je dois avoir de jolis portraits de moi dans les bases de données de la police militaire. Pour peu qu'ils étendent un peu leurs recherches… ce sera le grand bingo Kobold. Je ne veux pas qu'ils me retrouvent. Je ne veux pas aller en prison parce qu'un fils à papa a eu une place de planqué et que j'ai dû prendre son matricule.

Alors là, j'étais soufflé. Il ne manquait plus que ça. Je cachais de la poussière de fée ET un déserteur de l'armée kobold. J'étais gâté en ce moment. Y a pas à dire, c'est ma fête tous les jours.

— Je vois. Donc on n'appelle ni la locale, ni la brigade de répression de recel des pièces détachées et encore moins le service d'immatriculation des immigrés.

Fluff me lança un regard terrorisé. Comme si j'avais prévu de les appeler. Cette fois, c'est moi qui soupirais.

— Soyons clairs, j'ai autre chose à faire que de me trouver un autre comptable.

Je montais en pression avant d'enchaîner :

— Et j'ai suffisamment de problèmes pour ne pas me retrouver avec l'armée kobold aux fesses ou un contrôle social parce que j'aurai caché un clandestin, ou pire, une accusation de trahison pour avoir donné asile à un ennemi de la Fédération. Alors, j'espère que tu sais ce que tu fais.

Je réalisais que j'étais en train de lui gueuler dessus. Ça commençait à faire beaucoup, et je sentais que j'allais perdre pied pas tard. Quelle plaie. Je pensais ce que j'avais dit, je ne comptais pas me débarrasser de Fluff. Mais il y a une chose dont je pouvais me débarrasser… C'était cette saleté de commande. Je faisais demi-tour pour me rendre à l'atelier quand Fluff m'interrompit dans mon mouvement.

— Hey !... Merci.

Je hochais doucement la tête et je retournais à mes disques de polissage et à mes rivets à tête diamantée. Autant ne pas s'attarder, un kobold qui devenait sentimental, c'était un concept trop abstrait pour moi. J'étais pas prêt de si bon matin après autant de mauvaises nouvelles d'un coup.

Je me remis au travail, mais je n'aimais pas ça. Pas ça, du tout. Et j'ai probablement ruminé pendant un bon moment en nettoyant les tuyères de cryogel.

Je me posais devant les patins d'atterrissage en marmonnant quand le *gzz gzz* du sas visiteur résonna à nouveau.

Franchement au point où j'en étais, j'imaginais que l'avatar du dévoreur des mondes sonnait à la porte pour m'annoncer que je devais prendre en stage Palpatine Junior 23e du nom sous peine de finir dans le neuvième cercle des enfers. Et je n'étais pas si loin de la vérité.

UN JOUR SANS FIN

Le *gzz gzz* du sas d'entrée résonnait encore et encore, mais j'étais figé, tournevis à la main. Mon cerveau devait probablement refuser l'information. Je n'avais même pas trouvé la force de m'opposer au mouvement de Fluff d'aller ouvrir. J'étais peut-être prêt à mourir en fait ? OK, la fatigue me faisait vraiment dire n'importe quoi, j'avais les boulons qui commençaient à se croiser.

— Mais bien sûr, entrez ! fit la voix de Fluff sur un ton poli extrêmement forcé.

J'étais intrigué, et en même temps je me faisais la réflexion qu'il était toujours vivant. À ce stade, je ne savais plus si c'était une bonne ou une mauvaise chose. Je m'étais toujours dit que je voulais mourir vite, sans douleur et surtout éviter de le voir venir… Mais depuis que cette navette des enfers était entrée ici, j'avais l'impression constante de sentir la Grande Faucheuse de l'espace arriver. Et avec une lenteur exaspérante.

Je me retournais au son du pas traînant de mon comptable, sur le point de demander grâce et le droit à une mort rapide et sans bavure (à défaut de digne). Fluff me devança, avant que je ne puisse me ridiculiser. Il avait probablement dû renifler la connerie.

— Monsieur est un employé de « Co-Lektor », un organisme collecteur de taxes.

— Attrapez-les toutes, glissa l'employé tout sourire.

Waouh, il disait ça sérieusement en plus. Je faillis lui répondre qu'à l'heure actuelle, sur le plan des emmerdes, j'avais en effet une collection qui défiait toute concurrence. Fluff découvrit ses canines et ce qui restait de mon instinct de survie me stoppa net. Personne ne voulait être mordu par un kobold. Personne. Je ravalais donc ma tirade. Je fis le choix de la survie en milieu hostile en rendant son sourire à Monsieur Co-Lektor et en m'éclipsant sur un « J'ai une commande à finir ». Je pris le regard soulagé de Fluff comme un encouragement.

— Oh, les affaires marchent bien alors ? demanda le visiteur suceur de taxes.

— Eh bien, pour tout dire…

Je ne voulais même pas entendre les salades que Fluff allait lui vendre. Je me plongeais dans les finitions des tuyères et j'établis une distance de sécurité entre le vampire fiscal et moi. Une petite part de moi se disait presque que si l'employé à l'humour douteux nous obligeait à fermer, la navette deviendrait le souci des services administratifs. Mais dans ce cas... je n'aurai plus que mes yeux pour pleurer. Allez, assez pleurniché. Hors de question de laisser le garage aux plus sombres pignoufs de la galaxie ! Ils seraient capables de le repeindre aux couleurs de l'administration et de faire de la collecte en click and go. La vision de cauchemar. Peut-être même qu'ils profaneraient mon scoot' avec leur logo. Rien que d'y penser j'étais à la limite de la crise d'apoplexie.

Je respirais à fond et me concentrais sur l'application des enduits super-chromes. Il fallait finir le boulot certes, mais pas le bâcler. Un client mécontent était un client qui ne payait pas, et un gangster mécontent était un gangster qui vous découpait en rondelles. Alors autant éviter.

— ... Et vous prévoyez un paiement comptant ? fit la voix du parasite administratif.

— C'est certain. Le client nous a fourni des garanties de paiement indéniables ! lui répondit Fluff avec un aplomb soudé à l'arc à particules.

Oh non. Non seulement ils approchaient, mais Fluff était en train de lui vendre la plus grosse fabrique de salades de tous les systèmes maraîchers réunis. La Grande Coopérative à lui tout seul. Heureusement, je connaissais la chanson et mon rôle sur le bout des doigts : ne pas lever les yeux au ciel, ne pas faire de facepalm désabusé et me concentrer sur le travail en bon ouvrier efficace. On avait déjà interprété cette scène. Moi le parfait mécano, et lui l'homme d'affaires avisé. Il aurait dû faire de la visio-comédie. Je sortis donc le grand jeu en jouant tous les clings et les clongs de mon répertoire, et en étalant tout un panel d'outils high-tech inutiles. C'était un peu comme essayer de tuer une mouche avec une catapulte, mais ça faisait toujours de l'effet. D'ailleurs, Fluff appuyait mon propos et inventait des termes techniques farfelus au fur et à mesure, pendant que le grand échalas faisait des Oh et des Ah ébahis.

— … Et là nous travaillons à monter des propulseurs ioniques à ultrasons ainsi qu'un tout nouveau circuit de refroidissement des essuie-glaces.

Ne pas rire. Taper sur des trucs, visser dans le vide, poker face.

— … Je n'hésiterai pas ! Je vous dis à bientôt, je repasse dès que vous avez fait la livraison ! Merci pour la visite !

Grispoil soit loué. Fluff avait réussi le tour de force de se débarrasser de la sangsue dévoreuse de comptes bancaires. Ce cirque m'avait bien fait perdre un tour de cadran complet. Quelle poisse ! Je n'avais pas besoin de ça. Enfin… ce n'est pas grave, je n'installerai pas de circuit de refroidissement des essuie-glaces ! Hahahaha ! Quel blagueur ce kobold. Il raconte vraiment n'importe quoi !

— Hey ! J'ai fait ma part du boulot ! Maintenant finis cette pédalette maudite et sors-nous de ce guêpier, champion ! lança Fluff.

— Ouais, ouais, laisse-moi déjà installer les essuie-glaces quantiques ! Hahahahahha !

— Ça va, gros malin. Soude ce que tu veux sur cet engin, mais fais-le !

J'en étais à poser les doubles pare-chocs à bumper intégré quand un ponk répété à l'arrière du garage me fit presque thermosouder mon pouce. Fluff, qui n'était plus à un emmerdeur près, se dirigea vers la porte, convaincu de se débarrasser du problème assez vite pour enchaîner avec son dîner.

— Tu vas voir que c'est la journée des pètes-couilles. Il nous manque quoi maintenant ? Le banquier ? Le service d'immatriculation des licornes ? Le bureau du recensement des garagistes?… Au fait, on a payé l'inscription au club des amateurs de fromage ? Faudra y penser, tu sais ? lança-t-il.

Blablabla. Occupe-toi de tes fesses. Quand même, le petit personnel de la station serait vite en burn-out si on les envoyait chez les gens à cette heure-là… Si maintenant ils se mettaient à faire des relevés de compteur en nocturne, on n'était pas rendus.

— Bonsoir, que puis-je f…

La phrase de Fluff mourut dans sa gorge.

— ALLEZ, LÈVE TES PETITES MIMINES, BÉBÉ

TROLL ! TU VOUDRAIS PAS QU'ON REFASSE LA DÉCO AVEC TES ENTRAILLES, SI ?

Oh, non…

PRÊT, JOUEUR NUMERO UN ?

Je ne savais pas dire à quel moment j'avais enclenché le mode "histoire" du jeu, ni quand je passais au niveau "frenzy". Est-ce que ce fut quand Fluff ne réagit pas à "bébé troll" ? Peut-être. En temps normal il aurait eu une réplique acerbe, suivie d'une bordée de jurons et il aurait claqué la porte. Un peu comme il avait fait avec les Assesseurs d'Horus quand ils étaient venus vendre leur programme de rédemption à points et qu'ils lui dirent que "non, le fromage n'est pas dans le programme, car les graisses saturées souillent ton âme éternelle".

Là, rien. Pas un frémissement, pas un bruit mat de bottes dans l'estomac. Juste un clic et un vague couinement.

Une épouvantable montée d'adrénaline me hérissa le poil et me colla des sueurs. Je me dressai sur mes antérieurs, bondis je ne sais comment à l'arrière du garage pour enclencher l'ouverture de la baie et les systèmes de ventilation communs avec l'appartement voisin. J'attrapai l'ampliphone que Fluff utilisait pour attirer le chaland tous les ans à la NavCon et je beuglai dedans comme un âne aux confins du désespoir : "Aïem' siiiiiiiingin' in ze rèèèèèïn ! Djeust siiiiiinnngin' in ze rèèèèèèïn ! Wateuh glorieuss filling aïem' api eugaine !", le tout en tapant comme un désespéré sur la carlingue fraîchement polie de la navette.

Fluff devait se dire que j'avais complètement fondu les plombs. Mais à ce stade, j'étais prêt à tout tenter ! Et aussi bizarre que cela puisse paraître, je ne désespérais pas d'alerter quelqu'un du voisinage, ou de tellement leur taper sur les nerfs qu'ils descendraient m'achever. À choisir, je préférais mourir des mains de la vieille gurghienne du 6e plateau, au moins je ferai grimper les statistiques des crimes de haine plutôt que des victimes de gang. On se raccroche à peu de choses quand on pense que tout est fini.

J'en étais à inventer le premier couplet quand une voix antipathique hurla :

— Qu'est-ce qu'il fait l'ahuri ? Il va fermer sa grande gueule de poney ?

Et là, quelqu'un a dû débrancher la prise, parce que j'ai fondu les plombs. J'ai enchaîné avec un "Grand concours de chant au garage ! Aujourd'hui et aujourd'hui seulement !" et repris mon massacre en règle de Gene Kelly avec un "oooooooh yaaaaaaiss ! SiiinGGggiiiiin ine ze rèèèèëïn !" en priant pour que le directeur de la holothèque n'entende pas ça, car ça l'aurait poussé au suicide.

J'entamai un solo de batterie sur carlingue quand un embout de pistolaser rencontra mon museau.

— Bouge seulement une oreille et ça sentira la licorne grillée dans toute l'unité.

Moi qui voulais me jeter par terre en demandant pitié c'était raté. Mais le moment n'était pas à l'humour. À l'heure actuelle, j'avais le trouillomètre à zéro et envie de pleurer en appelant à l'aide. J'avais tant lutté pour en arriver là et ça allait se terminer comme ça ? Franchement il n'y avait de la chance que pour la racaille ! J'aurais p'têt' dû écouter ma mère après tout. J'avais toujours su que la vie d'employé de bureau n'était pas pour moi, mais ça valait toujours mieux que de se faire fumer par un petit trafiquant de sous-zone. Et pourtant. Je me dis que je n'aurais pas fait un autre choix dans ma vie. Le pistolaser que j'avais dans le naseau n'arrivait pas à me convaincre que subir cette vie routinière à l'usine de fromage maternelle aurait été une option viable. Encore et toujours les mêmes choses, les mêmes chaînes de production, les mêmes problèmes d'approvisionnement… Je l'entends encore me dire…

— Allez, recule doucement les paluches en l'air !

Ah non, elle ne disait pas ça. Revenu brutalement à l'instant présent, je m'exécutais en veillant à ne pas m'étaler sur une caisse de pièces détachées. Fluff m'avait rejoint, le groin contrit et désespéré. Il me jeta un regard désolé, que je comprenais comme : "tu vois que c'est pas mon truc, le terrain". Ce à quoi je n'avais pas grand-chose à répondre. Si j'avais voulu un gardien, j'aurais engagé un molosse tricéphale. Au final, ça ne coûtait pas si cher à nourrir, après tout il n'avait qu'un seul estomac au bout des trois têtes.

J'en étais là de mes réflexions quand le bipède humain au chapeau moche et aux manières douteuses qui menaçait Fluff ouvrit la bouche pour parler et fut couvert par un hurlement indescriptible. Un son qui ne pouvait être produit par des cordes vocales intégralement organiques. Une suite ininterrompue de syllabes incompréhensibles assaillit si violemment nos tympans que Fluff, le bandit bedonnant et moi-même ne pûmes lutter contre le besoin irrépressible de nous recroqueviller et nous couvrir les oreilles. Et dire que je pensais que Fluff chantait faux.

Je jetais un œil à l'inconnu armé toujours plié en deux et, toujours accroché à mes oreilles, je tentais de comprendre ce qui pouvait provoquer ce vacarme tout en cherchant du regard mon laser à souder. Fluff était roulé en boule et se balançait sur lui-même.

J'étais sur le point de demander pitié quand le son s'est rapproché. Non seulement ça ne s'arrêtait pas, mais ça venait par ici ! Est-ce que c'était une nouvelle arme phonique utilisée par les commandos antigangs ? Un représentant vendant des alarmes dernier cri ?

À défaut de mon soudeur, j'attrapais le lance-clou que je m'étais bricolé. Je n'en pouvais plus, il fallait que ça s'arrête.

J'entendis alors un cri, Fluff avait rampé jusqu'au gars incapable de s'habiller correctement et avait planté les crocs dans son mollet. De surprise, il avait laissé tomber l'arme sur le sol. Alors qu'il s'apprêtait à frapper Fluff, je lui collais un grand coup de lance-clou sur le côté de la tête.

Il bascula et roula sur Fluff qui ne semblait pas le lâcher. J'allais tenter de le dégager quand le son se rapprocha encore. Une énorme silhouette entra alors dans mon champ de vision.

Je levai les yeux, prêt à réclamer la mise à mort, quand je vis l'Ombyrien du deuxième, son "chien" ou ce qui s'y apparentait dans les bras, lançant une dernière vocalise avant de se pencher vers moi :

— Oh mince ! Le concours est déjà fini ?

LA MENACE FANTÔME

Par les anneaux de Juliurne et Sapiter réunis ! J'avais la cervelle qui vibrait encore de cette voix, qui avait dû traverser le fin fond des enfers plusieurs fois avant d'arriver dans mes oreilles. Le temps de réaliser que le son insupportable qui m'avait vrillé le cerveau, pendant ce qui avait paru une éternité, avait cessé, mon regard tomba sur Fluff assis par terre la tête dans les mains. Nous étions tous deux hébétés, sonnés et hagards.

Devant nous, se dressait le voisin du deuxième avec sa créature maléfique. Cette bête devait avoir du sang de sirène dans les veines pour pouvoir produire de pareilles sonorités. De celles qui s'infiltraient dans votre tête et vous poussaient à vous jeter directement dans la gueule de monstres marins affamés. Une bestiole de catégorie IV à tous les coups ! Je croyais qu'ils les avaient interdites sur la station ! Cet ahuri d'Ombyrien avait de la chance que je n'étais pas du genre à balancer ! Ma vieille tante aurait appelé le service des douanes galactiques fissa, en se fendant d'une lettre au comité universel de défense des créatures sauvages. J'ai toujours eu une famille sympathique.

Ça aurait été le comble de l'ingratitude, il fallait l'admettre. Grâce à cette interruption, pénible mais salvatrice, l'inconnu avait pris la fuite. Il devait maudire mon voisin sur un nombre conséquent de générations. Sans compter qu'il devait traîner la patte après ce que les dents de Fluff avaient fait à son mollet. En voilà un qui ferait attention à son vocabulaire à l'avenir et qui ne risquerait pas de redonner du "bébé troll" à un kobold, fût-il comptable.

Fort heureusement notre sauveur ne chercha pas à s'imposer et repartit, déçu de ne pas avoir été apprécié à sa juste valeur, nous laissant Fluff et moi refermer le garage et tenter de rassembler nos esprits.

— Chantons sous la pluie ? Vraiment ? fit la voix fatiguée de Fluff. T'as déjà vu de la pluie, toi ? De météorites, oui. Et tu crois que ça fait chanter d'être dessous ?

— On va vraiment discuter de ça, là ?

— Non, je vais murer toutes les issues et tu vas me finir cette navette, je veux plus la voir. Et avec l'argent on investit dans un Troll3000, crois-moi que le prochain qui essaie d'entrer ici sans y être invité, va repartir en sens inverse et en pièces détachées.

Le *blip blip* du holophone nous coupa net la parole. Il résonna plusieurs secondes, le temps que Fluff et moi nous posions devant sans oser ouvrir le canal.

— M'en fous, j'y touche pas. Je parle plus à personne tant que ce truc est ici, fit Fluff.

— Compte pas sur moi non plus, et en plus du Troll3000 je passerai chez VirtualMaraboo me faire désenvoûter, juste pour être sûr.

Fluff hocha la tête. La sonnerie avait cessé et pourtant nous étions toujours là à fixer le terminal quand la visiomessagerie s'enclencha. L'image d'une jeune femme blond platine avec des mèches multicolores et de grands yeux gris s'anima. Stylée, quoi. Difficile d'être impartial, la touche licorne faisait vibrer ma corde sensible, je n'y pouvais rien.

— Bon c'est pas qu'on s'ennuie, mais on va arrêter de plaisanter. Vous me livrez la marchandise demain, deuxième quart. Je viendrai moi-même et vous avisez pas de me jouer des tours, je serai accompagnée. Et cette fois, on vous ratera pas.

La vidéo coupa et le terminal se mit à clignoter de manière hypnotique. Bizarrement j'avais perdu la vibe. Je ne savais pas trop combien de temps nous étions restés là, devant le bureau à regarder dans le vide, mais ça m'avait paru une demi-éternité. Au moins.

Fluff s'affaissa. Quant à moi, pour une raison que j'ignorais, je sentais la colère monter. Ils commençaient à m'échauffer les oreilles, tous autant qu'ils étaient ! L'univers entier m'avait maudit ou quoi ? C'était quoi cette manie de décider pour moi de ce que je devais faire tout le temps ?

On ne peut pas juste me laisser tranquille et vivre ma vie ? Je ne demande pas grand-chose quand même ! Je ne pensais pas que ce serait si compliqué. Je voulais juste me poser, vivre ma petite vie tranquille, vendre mon rêve à coup de coques pailletées et d'ailerons multicolores pour mettre un peu de gaieté dans l'hyperespace… Mais il y a toujours quelque chose qui ne va pas. Courir après l'argent. Patauger dans les contraintes administratives. Découvrir de la poussière de fée dans une navette de starlette. Et maintenant ça. Trop c'est trop.

J'enrageais. J'avais franchi le seuil de non-retour. Je desserrais les poings que j'avais crispés sans même m'en rendre compte. Je tirai sur ma salopette pour la remettre en place, je lissai ma crinière et je quittai le bureau en jetant à Fluff :

— Appelle le client. Il aura sa navette demain premier quart. Et qu'il ne soit pas en retard, c'est un rendez-vous à ne pas rater.

Il ne répondit rien. C'était la seule façon de s'en sortir. J'allais finir ce truc et m'en débarrasser. Peut-être qu'avec l'argent on allait pouvoir partir et monter une petite affaire ailleurs ? Loin des gangs, loin de l'armée, loin de ma famille…

J'avais rejoint le fond du garage et je passais la main sur la carlingue à l'endroit où j'avais tapé comme un ahuri tout à l'heure pour ameuter le voisinage. Heureusement, je n'avais pas trop fait de dégâts. Avec un peu de chance, le panneau reprendrait sa forme originale en quelques coups de masse sonique. Mais j'avais encore beaucoup à faire et trop peu de temps pour ça.

Je fis un rapide tour de l'engin. Quelques heures. C'était tout ce que j'avais devant moi. Quelques petites heures et tout serait fini. J'ignorais encore comment, mais une chose était sûre : il ne serait pas dit que j'aurai baissé les bras. Si toutefois il restait quelqu'un pour raconter bien sûr…

EN ATTENDANT GODOT

J'en étais au dernier coup de chiffon et j'avais littéralement les yeux qui se croisaient. Si j'avais dû poser un catalyseur gyroscopique à mercure, j'aurais fait exploser tout le bloc d'habitations. Heureusement que je n'avais pas ajouté ça dans les options.

D'un geste, je jetais le bout de tissu sur les caisses de pièces détachées derrière moi et activais le robot nettoyeur. J'avais déblayé le terrain et ramassé tout mon foutoir. Fluff ne pourrait pas m'accuser encore une fois de ne pas soigner le décorum pour la livraison !

Là, j'avais besoin d'un bon raktajino. C'était le plan en entrant dans le bureau.

— Tout est prêt, j'espère ! Le client arrive bientôt ! jeta Fluff.

— Ouais, bonjour à toi aussi.

J'avais pas besoin d'une piqûre de rappel, merci ! Apparemment c'était pas un truc de kobold, l'empathie. J'avais passé la nuit à bosser comme un hobgob et même pas un bonjour, une petite tape dans le dos, que dalle. La journée commençait bien.

— Ça va, fais pas ton grognon. Si tout roule comme prévu, dans moins d'un tour de cadran on est débarrassés du problème, vivants et riches, enchaîna Fluff.

— Ouais... Vivants, ce sera déjà bien.

Le percolateur vrombit, puis glouglouta, lâcha un long *psssccccchhhhhhh* dans un râle d'agonie avant de libérer un ersatz de raktajino bas de gamme dans ma tasse de la veille. Je soupirai en me disant que je savais quoi changer avec l'argent de cette maudite commande.

Je luttais contre le sommeil et j'en étais à mon quatrième

raktajino ignoble quand le bzz bzz de la baie résonna. ENFIN. Comme dirait l'autre "J'ai failli attendre". Tu parles d'une heure pour arriver ! J'espérais pour lui qu'il n'y avait pas de défi de ponctualité dans "Star machin", parce qu'il aurait été éliminé à l'épisode 1, le Typ !

Je n'en pouvais plus de cette histoire. Je voulais me débarrasser du problème et dormir pendant un cycle entier en rêvant à tous ces crédits sur mon compte. En tout cas, c'était ce que je me disais en ouvrant la baie.

— Contente de voir que vous ne me laissez pas sur le palier !

Ce n'était définitivement pas la voix de mon jet-setteur de client. Non. C'était cette voix, profonde et stricte à la fois, qui nous avait intimé de livrer la navette fissa. J'en étais tout déconfit. Mes oreilles s'affaissèrent et mon estomac descendit de plusieurs crans. La blonde aux mèches multicolores se tenait pile devant moi, encadrée par deux molosses aux crocs trop apparents à mon goût, flanquée par un lascar au chapeau si moche qu'il en était inoubliable. Surtout quand il avait un pistolaser juste en dessous. Fluff, qui se trouvait à côté de moi, se figea en laissant échapper un grognement. À ce son, le gugusse recula d'un pas au souvenir de la morsure que le kobold lui avait infligée, et qui devait encore lui faire drôlement mal quand on voyait à quoi ressemblait la mâchoire de Fluff.

— Je sais ce que vous vous dites ! Être en avance est presque aussi impoli que d'être en retard, mais il ne faut pas m'en vouloir ! J'étais tellement impatiente ! piailla-t-elle.

Je jetais un coup d'oeil à Fluff avec l'envie de lui demander si elle se foutait de nous, mais aucun son ne franchit mes babines.

— Alors, voilà l'engin !

Pour tout dire, malgré le stress, j'appréciais le hochement de tête et le regard impressionné. Deux trucs fonctionnaient toujours avec moi niveau flatterie : mon boulot et mes fringues. J'étais surpris de voir que ça marchait encore, même quand je pensais mourir dans les deux minutes qui suivraient.

Comme je ne répondais à aucune de ces sollicitations qui, à mon sens, n'appelaient pas forcément au dialogue, elle enchaîna :

— Vous n'ignorez pas ce qui m'intéresse dans cette machine, mon cher ?

J'inspirai bruyamment d'un air entendu en haussant les sourcils. Ce n'était certainement pas pour récupérer un modèle unique de moteur expérimental, ça je l'avais compris y a belle lurette. Ce qui m'intriguait davantage, c'était de voir rappliquer la moitié de la station dans mon garage, comme si j'avais passé un spot publicitaire sur les réseaux.

— Ce qui est bien avec vous, c'est votre zen attitude, j'apprécie vous savez. J'en suis revenue des litanies pathétiques et des gens se jetant à genoux pour quémander la pitié. Je suis presque impressionnée.

Et moi j'étais partagé. Partagé entre le sentiment d'être flatté et celui d'être pris pour un orc sous-développé. J'hésitais.

— Non, vraiment, ajouta-t-elle.

Décidément, elle lisait dans mes pensées et elle interrompait leur fil. Je n'aimais ni l'un, ni l'autre.

— Honnêtement, ce n'est pas la raison de votre présence qui me pose question. Mais vous débarquez tous chez moi comme si j'avais publié un appel d'offre au Journal Officiel de la station.

— Et vous faites de l'humour en plus, j'adore, répondit-elle avec un petit rire amusé.

Je fronçais le museau de frustration. Le gros balèze numéro un me regardait méchamment du genre "bouge pas un poil, peluche !", comme si j'avais envie de jouer les héros. Ça se voyait qu'il ne me connaissait pas !

— Je vais jouer franc jeu avec vous, mon ami.

Je crispais ma mâchoire à l'emploi de ce terme. Même pas en rêve, cocotte.

— Je sais tout ce que fait cette mijaurée de Pop', jeta-t-elle avec mépris. Elle et son abruti de chanteur de douche sonique ! Ils ne peuvent pas bouger le petit doigt sans que je sois au courant. Il faut connaître sa concurrence. Je suis sûre que vous me comprenez. La loi du marché, mmmmh ? Son cartel, mon cartel… C'est une longue histoire et je vais vous l'épargner. Sachez juste que lorsque je peux lui mettre des bâtons dans les roues, je le fais. Surtout si c'est pour récupérer une cargaison aussi importante.

— Si vous voulez parler économie, je vous laisse avec mon comptable, c'est lui le spécialiste.

La fin de ma phrase tomba dans le vide. Je réalisais en tournant la tête que Fluff n'était plus là. J'agitais une main vers l'emplacement où il était il n'y avait pas une minute, mais il n'y avait plus que de l'air à brasser. Il avait pris, je ne savais comment, la poudre d'escampette et m'avait laissé en plan avec la gangster mégalomane et ses gorilles. Si je meurs aujourd'hui, je le hante pour l'éternité plus un, parole de licorne.

LE COMBAT DES CHEFS

Super. Donc je vais mourir seul. Seul à la merci d'une cheffe de gang et trois malabars. Fabuleux. Merci Fluff. Même mort, crois-moi, je saurai m'en souvenir.

Je bouillonnais intérieurement. Je ne savais même plus qui j'aurais eu envie de tuer en premier si j'en avais été capable : la blonde au regard métal ou mon comptable ? Qu'il s'étouffe avec ses livres de compte, celui-là. Le pire, c'était que tout le monde avait l'air de s'en ficher royalement. Au final, la navette était là, pas vrai ? J'étais vraiment le roi des glands. Si j'avais été moins empoté, peut-être que j'aurais réussi à filer moi aussi… Enfin… Je lâchais un soupir de résignation quand le gzz gzz résonna à nouveau, ce qui eut pour résultat de figer tout le monde, moi compris.

Un bruit de semelles en cristallium se fit entendre (ah le son des Koubootsin, je le reconnaîtrais n'importe où) et je me félicitai de n'avoir pas refermé la baie derrière nos premiers visiteurs.

— Espèce de truie violette de Hokins ! Tu as cru que tu pourrais me doubler !

Une tornade bleue entra dans mon champ de vision. Miss implants était de retour, et elle grinçait plus que jamais.

Génial. C'était la dernière journée de mon existence et j'allais mourir piétiné dans un affrontement de cheffes de gang. Je savais que le trafic rapportait, mais pas qu'il était aussi fashion. En même temps, mourir piétiné par des Koubootsin… c'était bien le seul point positif. J'espérais au moins avoir droit à quelques derniers mots et demander une épitaphe du genre "victime de la mode #ironieinside".

— Pop ! La laisse pas prendre ma navetteeeuuh ! fit d'un seul coup la voix de mon client.

Mon soulagement fut de courte durée quand je le vis débarquer entre deux trolls monstrueux, tapant du pied et secouant son hololegging en pleine crise de caprice. Même pas un regard pour moi ! Quel ingrat ! Après tout ce que j'avais fait pour lui, les risques que j'avais pris pour finir sa saleté de navette… Les humains sont comme les chats : ils ne pensent qu'à eux-mêmes.

— Détends-toi, Trésor, allez va jouer ! lui dit miss Implants en jetant une mini console qu'il attrapa au vol dans un gloussement de contentement.

Wow. L'humanité me fascinera toujours.

— Quant à toi, Bab, sale roulure, minable poussière interstellaire, je vais te faire ton affaire. Il est hors de question que tu repartes avec ce qui m'appartient, cracha Pop.

— Parle à ma main, chérie. Je ne vais pas m'abaisser à tant de vulgarité, lui répondit la blonde aux mèches colorées.

J'ignorai si c'était sa réplique ou le mouvement qu'elle initia de monter dans la navette qui provoqua le branle-bas de combat, mais dans la seconde qui suivit, les deux camps avaient dégainé tout le matériel de combat portatif imaginable, et tout le monde braquait tout le monde… sauf moi.

Ce fut sans doute inspiré par Fluff, que je me suis dit que c'était le moment de s'éclipser. Tout doucement. Tranquillou. Un petit pas après l'autre, sans faire bruire un crin. En mode zen, dans le flow du yin.

— Par Gork, Boss ! Laissez-moi m'occuper de ça. C'est une affaire de trolls, on va régler ça.

L'interjection du monstre au plus gros nez de toute l'histoire des gros nez, me frappa tel un éclair, me hérissant le poil tout partout. Gork. J'avais déjà entendu ça. Non ! Les cambrioleurs de l'autre nuit ? C'étaient ces deux-là !

Une bouffée de colère me submergea, avant de disparaître dans une montée d'angoisse. C'était ça qui était entré chez nous ? S'ils avaient voulu, ils nous auraient tout simplement écrabouillés avant de prendre cette fichue navette ! On avait eu chaud aux miches ! Je fis une prière silencieuse de remerciement à mon laser à souder. Un fracassant glonk me sortit de ma transe mystique.

Le gros balèze qui flanquait Bab collait des grands coups de poings sur la carlingue polie en menaçant l'équipe adverse. Mon sang ne fit qu'un tour.

— MAIS ÇA VA PAS BIEN ? hurlais-je. Vous m'avez suffisamment pourri la vie ces derniers jours pour pas, en plus, pourrir mon travail ! Alors un peu de respect pour la mécanique !

Il y eut un silence et tous me regardèrent, éberlués. Bon. Pour la fuite en loucedé, c'était râpé. Con de moi.

Bab détacha son regard du mien et se tourna vers le décérébré qui avait tambouriné sur mon œuvre. Elle lui fit un léger signe de tête qui suffit à le faire reculer de plusieurs pas. Elle avait pas l'air de plaisanter. J'osai un :

— Hum, merci.

Après tout, autant essayer d'être en bons termes. Surtout si ça pouvait m'aider à rester vivant et en un seul morceau. Mais bon, comme on ne se refaisait pas, je ne pus lutter contre le réflexe d'aller constater les dégâts et avant que j'aie pu réfléchir à ce que je faisais, j'avais déjà parcouru la moitié du chemin vers ladite Bab pour jeter un œil à la coque.

Comme personne ne m'avait encore pistolaserifié de part en part, je continuais sur ma lancée en me disant que trop tard pour trop tard, autant aller vraiment vérifier. Je regardai timidement Bab qui s'écarta de la navette et tout le monde sembla se pétrifier pendant mon examen.

Heureusement que ce sagouin n'avait rien abîmé. Alors que je poussais un soupir de soulagement, une cavalcade digne d'un troupeau de chammouths laineux fit trembler le sol du garage. Au stade où j'en étais, je me disais que le sol allait s'ouvrir sous mes pieds et qu'un méphitique roi gobelin allait apparaître pour me jeter une malédiction. Mon imagination n'avait déjà pas masse de limite, autant dire que maintenant je me lâchais sur tout ce que je pensais qu'il pouvait arriver. Le champ des possibles s'était dramatiquement élargi.

Au lieu de ça, je vis mon Fluff tout ébouriffé et essoufflé courir vers moi et stopper net en découvrant l'auditoire au grand complet. Je compris alors ce qui avait causé ce bruit. Tout aussi pantelant que mon comptable, se tenait juste derrière lui l'Ombyrien avec sa créature maudite dans les bras. Les pistolasers qui s'étaient lentement abaissés pendant mon inspection se relevèrent aussitôt.

C'était reparti pour un tour. Je soupirai. Au final, j'aurais préféré le Roi gobelin.

LA COLÈRE DE DINK

Carton plein.

J'avais désormais compris que mon destin m'avait définitivement échappé et que mes derniers lancers de dés sur la table de jeu de la vie avaient été des fumbles de grande envergure. Autrement dit : j'avais enchaîné les séries de "un" et le maître de jeu avait décidé de sacrifier mon personnage, lassé de mes tirages pourris. Pourvu que ma fin soit épique, je voudrais éviter de mourir en glissant sur une flaque de gel turpentinique condensé pour m'assommer contre une caisse de paillettes et m'étouffer avec. S'il vous plaît. Qui que vous soyez.

Alors que je regardais toujours Fluff avec toute l'incrédulité dont j'étais capable, la Bête Immonde ouvrit la bouche et le chaos du Pandémonium au grand complet s'abattit sur le garage. Le hurlement innommable vrilla même les tympans des trolls, ce que je ne pensais pas faisable. Nous nous pliâmes tous en deux et alors que je me penchais en avant en tentant désespérément de me boucher les oreilles, mouvement inutile mais incontrôlable, un coup de pistolaser me passa au-dessus de la tête. Ce fut le top départ d'une fusillade aléatoire, dont les sons se répercutèrent sur chaque surface, à l'infini, rallongeant encore l'agonie.

D'ailleurs, je sentais les tirs plus que je ne les entendais. L'odeur du plasma, du bois brûlé et du métal chauffé étaient d'assez bons indices de la situation. Pour peu qu'un tir toucha le transfo du laser à souder ou un bidon de carburant, et bye bye la compagnie !

Au stade où on en était, autant prendre les devant.

Avant de m'effondrer en vomissant, je décidais d'ouvrir la navette et de me jeter dedans, ni vu ni connu, je t'embrouille. J'appuyais sur un bouton qui ouvrit le panneau latéral et entamais une pirouette glissée avec – je l'espérais – réception sur fondement, quand un des trolls bougea dans mon champ de vision. Grand Dragon des Grands Dragons, pitié, pas ça. Pas broyé par un troll. Bobo.

Je fermais les yeux en attendant le choc, mais tout ce que je sentis, ce fut le revêtement de biomousse condensée de l'intérieur de la navette. J'avais réussi. Enfin j'avais raté ma réception, mais j'étais vivant et en un seul morceau. Et surtout, le son avait cessé.

Comme lors de notre première expérience, nous mîmes un certain temps avant d'assimiler l'information. Je commençais à saisir ce qui s'était passé. Le troll ne se jetait pas sur moi, mais sur la créature maléfique de tous les enfers réunis. La bestiole avait pris peur, quitté les bras de son maître et pris la fuite. Ce dernier l'avait suivie de peu en hurlant quelque chose comme "Pupuce ! Reviens mon petit pompon d'amour !". Je priais pour qu'elle disparaisse très très loin, si possible avalée par un conduit d'aspiration menant sur le vide sidéral. Mais connaissant la bête, elle aurait survécu.

Je soufflai et relevai la tête. Malheureusement, les méchants au grand complet en faisaient autant. C'était genre maintenant ou jamais. Alors, du coup, plutôt maintenant.

Je sortis de ma poche un tournevis sonique, fis sauter un panneau intérieur et provoquai un court-circuit qui mit en route les moteurs stabilisateurs. Il y eut un swooosh et un léger vrombissement. Les diodes de la coque s'allumèrent et j'entendis vaguement "Ouah trop classe", "Mais qu'est-ce qu'il fait ?", "Ramenez-le-moi !", "Popeuhh ! Il prend ma navetteuh !". Avant que "chapeau moche" et le troll le moins doué au tir de tout l'ouest de la station ne purent s'avancer, j'attrapai deux gaines que j'avais entaillées et me plaçai devant la porte de la navette.

— Bougez pas, mes petits chats.

L'arc électrique qui se forma à ce moment-là les dissuada. Plus que ma réplique, il fallait croire. Tour à tour il y eut un "Non heeeeeuuuuu !", "Ne faites pas ça !", "Déconne pas, m'sieur poney" et un "On peut discuter, peut-être ?".

Ah. L'heure des négociations. C'était plutôt le truc de Fluff ça, d'habitude. Soyons créatifs. Ça, c'était mon domaine. Avec ou sans paillettes, ça me paraissait être l'approche adaptée. Créatif, mais prudent. Si je ne faisais pas attention, ce ne serait pas *swoosh* mais *kaboum*, et on n'aurait même pas le temps de l'entendre.

— Vous allez commencer par poser les joujoux et vous placer devant la sortie, tranquillement, tout doux, détendus du string. J'en ai soupé de vos âneries.

Ils se regardèrent tous, un peu incrédules et certainement encore sous le choc de la session d'ultrasons, puis ils reculèrent doucement en déposant leurs armes. Je jetais un regard à Fluff qui, voulant certainement éviter qu'on trébucha sur un pistolaser, les ramassa. Je n'avais pas spécialement prévu qu'il les braque avec, mais je mentirais si je disais que ça m'aurait dérangé.

Il fallait mettre un terme à cette histoire et faire en sorte de ne plus être dans cette situation à l'avenir. Je ne sais pas trop comment, mais ça a fait clic dans ma tête.

— Voilà, ce qu'on va faire, lançais-je.

Je fixai Bab et Pop pour vérifier que j'avais bien toute leur attention avant de continuer.

— Je vais rendre la navette à Typ.

— Ouais ! fit Typ.

Il sautillait sur place et une main de troll le fit reculer

quand il entama de se rapprocher de moi. J'en profitais.

— C'est sa navette et c'est sa commande. Il a payé et le boulot est fait. MAIS. Vous ne reviendrez plus jamais ici armés. Vous devrez respecter ce lieu comme une sorte de…
— Zone franche ? fit la voix de Bab.
— Oui, c'est ça ! Une zone franche ! Plus d'armes, plus de menaces, plus d'intrusions et surtout plus de cargaisons douteuses !

Bab, qui savait ce combat perdu, hocha la tête, résignée. Pop eut un sourire satisfait, mais je sentais qu'elle aurait préféré assister à l'exécution de sa rivale.

— Vous réglez vos problèmes ailleurs ! Ici on tune et c'est tout ! Pas de guéguerre, pas de flicaille. C'est le deal, je veux pas d'ennuis.
— Et madame va régler un supplément pour la livraison en avance, fit Fluff.

Mais, il ne pouvait pas se taire ? J'essayais d'arranger les choses et il relançait la machine infernale ! Je jetais un œil en direction de Pop qui secouait ses cheveux bleus de haut en bas.

— Deal, fit Pop.
Je regardais Bab.

— Deal, lâcha-t-elle un peu à regret.

***

Ce que j'avais moins prévu, à ce moment-là, c'était que l'idée de la zone franche ferait son chemin et que tous les bandidos et les bandidas de la station se passeraient le mot. Je ne vais pas m'en plaindre, les affaires vont plutôt bon train… Fluff écrit tous les jours plus de chiffres dans ses livres de comptes et m'a enfin offert une tasse digne de ce nom. Ne vous a-t-on jamais dit que le crime paie ?

— Diiiiiiiiiiiiiiiiiiiiiiiiiiiiiink ! Qu'est-ce-que tu fous? hurla Fluff.

Maudits soient les dragons. C'est toujours leur faute. Je vous l'ai dit ça, non ?

DU MÊME
AUTEUR

Découvrir le livre sur Amazon

LE GANG DES LOLITAS CONTRE
LA SIRENE VAMPIRE

Marine, Jen, Alice, Sarah et Betty ont prévu de passer des vacances de rêve sur une île paradisiaque, et même d'arrêter de se chamailler pour l'occasion. Dans leur esprit, rien ne peut mal se passer. Mais la fête tourne court quand Marine se fait subitement mordre la jambe, s'endort sur le bord de la plage… et disparaît. Et quand un monstre terrifiant se met désormais à traquer les autres lolitas, où qu'elles soient. Une course effrénée pour leur survie s'enclenche. Avoir une experte en films d'horreur et une aventurière intrépide dans leur bande suffira-t-il pour échapper à cette immonde créature ? L'île sur laquelle elles sont réfugiées leur apportera-t-elle l'aide dont elles ont tant besoin

Découvrir la série sur Amazon

TOME 0 (nouvelle courte)
LE TOMTE ABANDONNE

Digby Ward est jeune renrard détective. Il vit au pays des fées, entre fantômes et créatures fantastiques, avec une logeuse exigeante, un colocataire absent et un inspecteur débile. La guerre contre les humains fait rage et tandis que Digby Ward vaque à ses occupations dans la capitale de ce monde magique, il va se retrouver mêlé à une affaire plutôt gênante. Mais qui aurait pu prévoir que ce tout jeune tomte apparu de nulle part allait le jeter dans les filets d'une organisation aussi tentaculaire que mystérieuse?

Une courte histoire qui vous fera découvrir le monde magique et gourmand de Ravinger et Ward... Et qui ravira petits et grands.

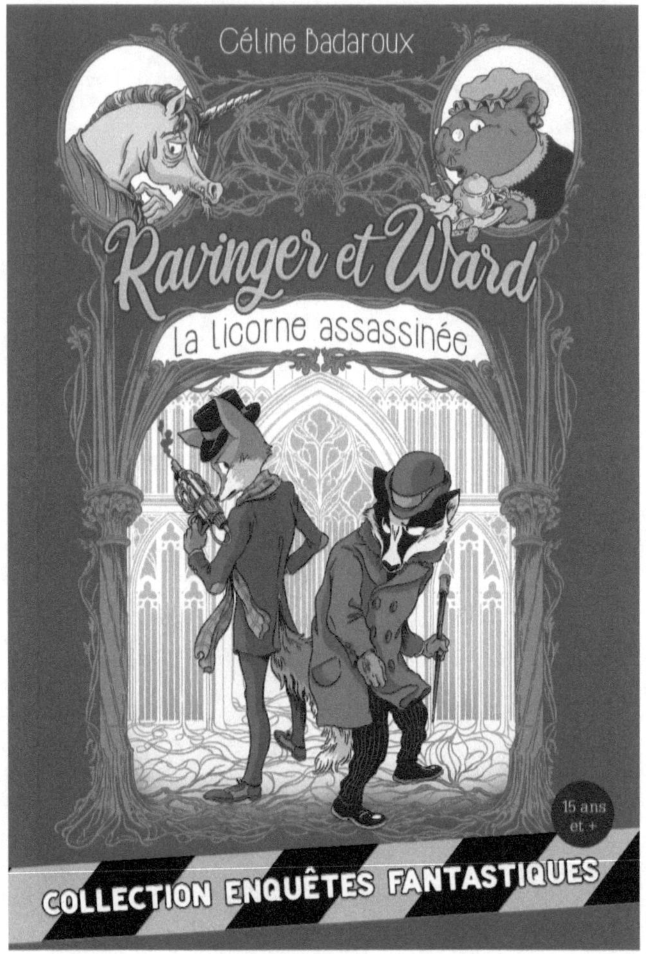

TOME 1
LA LICORNE ASSASSINEE

Ian Ravinger, blaireau de son état, revient de la Grande Guerre contre les Humains. Il rejoint Londynia, la capitale du Monde des Fées, pour se trouver un petit appartement et mener une vie calme et paisible près (mais pas trop) de sa sœur. Le Hasard, ou le Destin, le mène au 881b Pastry Street où vit le curieux renard Digby Ward. Ce dernier va lui faire oublier ses envies de retraite et le mener au coeur d'enquêtes aussi folles qu'inattendues. La preuve en est qu'à peine assis dans son nouveau fauteuil, il doit se rendre sur le lieu d'un crime odieux : une licorne a été assassinée.

Disponible sur Amazon, Kobo, Jeunes Pousses et uTip

TOME 3
LA TARENTULE BEGUE

Digby Ward, jeune renard détective, et Ian Ravinger, pâtissologue à la retraite, viennent à peine de clore une enquête qu'une nouvelle affaire va se présenter sous les traits de M. Tate, une sympathique tarentule.

Le conservateur de la pinacothèque royale est bien ennuyé... d'étranges phénomènes se produisent dans son musée et il ne sait plus vers qui se tourner. Un problème qui sera vite réglé, se dit Ravinger. Hélas, les choses ne vont aller que de mal en pis et les mettre dans une situation plus qu'épineuse... Cette fois, ils auront plus à risquer que leurs propres vies.

Disponible sur Amazon, Kobo, Jeunes Pousses et uTip

ALBUM DE COLORIAGE
LONDYNIA VOLUME 1

Découvrez ou redécouvrez les personnages du roman «La licorne assassinée» dans cet album de coloriage, avec des dessins de Nancy Peña (dessinatrice de «Médée» et «Le chat du kimono») et des extraits du roman de Céline Badaroux. Donnez à la capitale du monde des fées les couleurs qu'elle mérite, et posez vos plus belles couleurs sur cette galerie de personnages.